KB250933

중년에 지친 밤에는

마스다 미리 만화

이소담 옮김

북포레스트

오늘 지나기 전에 타이완에 도착하니까 바로 야시장에 가서~
와~

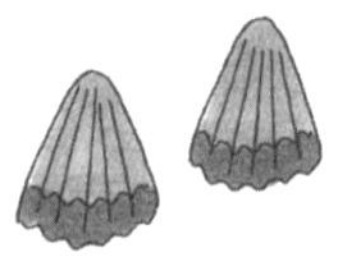

일요일에 돌아와서 월요일에는 출근할 거예요.
우아~ 대단 하다~

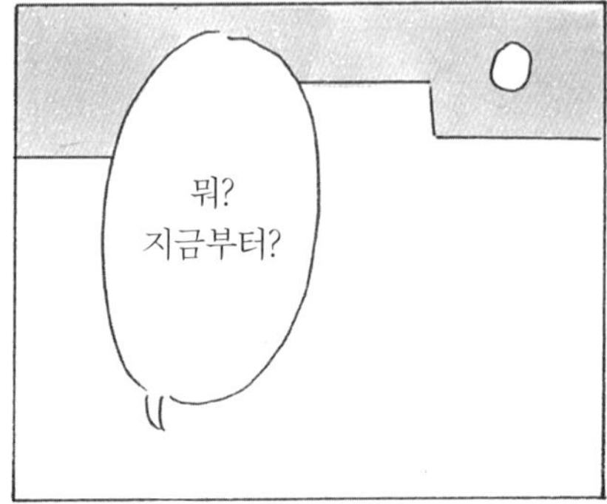
뭐? 지금부터?

먼저 퇴근 할게요!
아, 여행 조심히 다녀와~

퇴근하고 타이완 여행을 간다고?
네, 그래요.

이제 공항까지 달려가야 해요!

해피 버스데이
투 미~
해피 버스데이
투 미~
해피
버스데이
디어 나~
금요일
밤부터
타이완
여행
이라니~
젊다.
뭐, 나도
20대 땐
체력이
넘쳤지.
그랬지

투 미~
해피
버스데이

냠냠

짝짝
짝짝

맛있다
인생
100세
시대라고
하지만

50살이

'아직
반이나
남았
으니까'
50살이
된 지금

되었
습니다.

사무치는
나이가
됐어.

훗

하고

50살
생일이
끝날
때까지

앞으로
2시간.

마음이
놓이진
않는구나.

하하하

회사의
젊은
후배는
지금
타이완을
만끽 중….

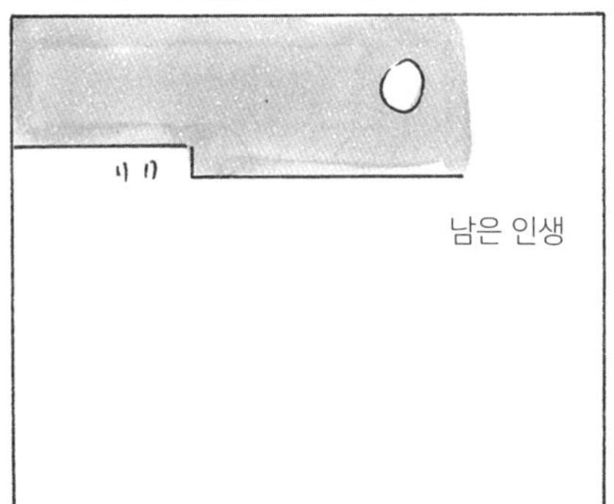
남은 인생

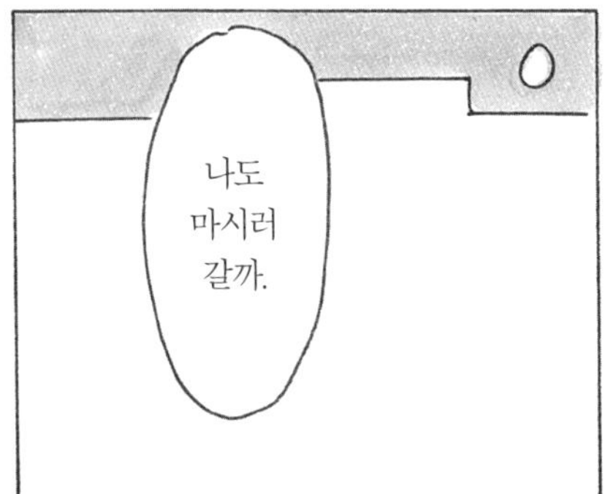
나도
마시러
갈까.

이라는 말이

패밀리 레스토랑

젊은 여자가
이러면
역으로
사연 있어
보이지만
패밀리
레스토랑에서
혼자
위스키
하이볼.

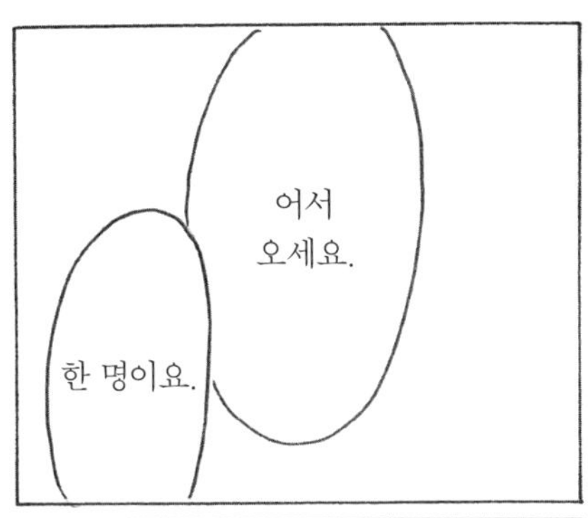
어서
오세요.
한 명이요.

내가 하면
그냥
현실감 넘치네.

패밀리 레스토랑

왠지
중년에
지친 것
같아….
어휴

혼자 온
사람이
꽤 있네.

응?
'중년에
지쳤어~!'

뭐야,
되게 편하잖아.

우리는 진심으로 갈 수밖에 없거든.
엥, 첫 대사가 그거?
자학에 빠지지 않고 진심을 어떻게 개그로 만드느냐에 달렸어.
진심이라.
왜냐하면 나 진짜 지쳤단 말이야. 아줌마에.
다르지, 진심이야, 진심.
하긴 '중년에 지쳤어~'는 자학과는 달라.
인생은 거의 중년이잖아?
응. 나도 지쳤어.

만담 콘테스트?
만담 콘테스트를 노린다면 진심이어야지.
그러게, 길다. 지치고도 남아.
'아줌마'의 새로운 명칭?
'아줌마'의 새로운 명칭을 찾는 거 어때?
그럼 일단 아줌마 소재로 밀어붙일까?
아침에 일어나면 몸이 막 우두둑할 것 같단 말이지.
맞아, 발음부터 뭔가 퍽퍽한 느낌.
그러고 보니 '아줌마'라는 말, 좀 억척스럽게 들리지 않아?
로봇 강아지? 귀엽네.
나도 그래. 무슨 로봇 강아지라도 된 줄 알았다니까.
어? 너도 아침마다 몸이 우두둑해? 나 일어나면 몸이 완전 삐걱삐걱이야.

하하하.
좋은데? 그러면 '아줌마'도 좀 순하게 들리겠다. 왠지 기미도 옅어질 것 같아.
차라리 세상에서 받침을 다 없애버리면 어때?
근데 받침이 다 사라지면 곤란한 것도 많아. '돈가스'는 '도가스'가 되잖아. '샌드위치'는 '새드위치'야.
기분 탓인지 늙은이 냄새도 빠진 느낌이야.
하하하.
갑자기 다 맛없어 보여.
'팥빙수'는 '파비수'가 되네….
요즘은 금요일에 퇴근하고 타이완에 가는 젊은 애들도 있대.
아, 무지무지 가고 싶어.
다른 얘긴데, 타이완 가고 싶지 않아?

우두둑 등장.
아침에 일어나면 몸이 우두둑인 우리가 그랬다간.
일요일에 귀국해서 다음 날 바로 출근….
그럼 그럼
그래도 '조금 무리해서 달리는 나'를 자랑하는 젊은 애들을 보면 감탄해 줘야지. 그게 또 중년의 임무니까.
긍정적 이다!
오늘 역에서 넘어질 뻔했는데 안 넘어진 거, 젊은 애들에게 감탄한 보수라고 생각하기로 했어.
임무라면 보수도 나오나?
아직도 안 정했냐고.
어차피 공짜고! 다른 얘긴데, 우리 콤비 이름 뭐로 할까?
어, 그 보수 되게 괜찮다! 나도 젊은 애들한테 팍팍 감탄해야지.

생일, 나랑 같네!
아, 맞다. 이거 생일 선물. 오늘이잖아.
게다가 동갑!
마침내 우리 둘 다 50살이네.
와, 고마워.
생일 초도 꽂았어?
좋았겠다!
회사 후배가 3시에 케이크 사줬어!
아하하하.
너, 케이크에 대한 기준이 바다보다 넓네.
편의점 바나나 빵에 초를 꽂아?

와.
그럼,
물론이지.
선물 뭐야?
열어봐도 돼?
으아~!
보고 싶다!
열심히
찾았어.
'트롤 인형'이네.
이거 아직 팔아?
세상에
트롤은
아량이 넓으니까
당연하지.
트롤은
중년의 소원도
이루어 주려나?
아하하하.
소원이
왠지
슬프다.
'내성 엄지발톱을
낫게 해주세요.'

주먹 보자기
음, 정말 우두둑 하네.
손가락도.

하하하
어제 패밀리 레스토랑에서 본 그 사람들도 지금쯤 몸이 우두둑할까.

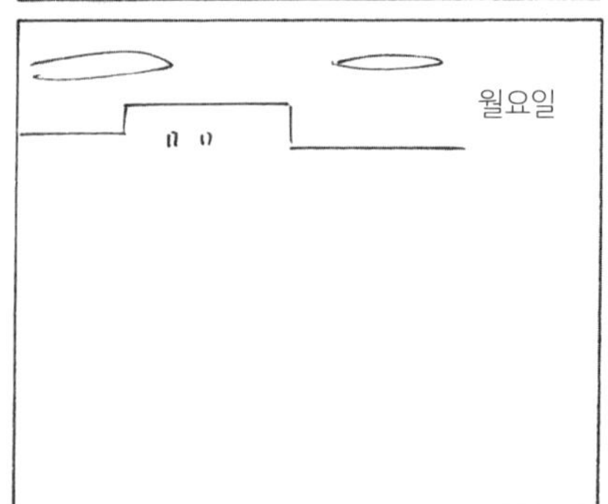
월요일

안녕 하세요! 좋은 아침 이에요!

번쩍

야시장에 이틀 연속 가느라 거의 잠을 못 잤는데요.

고마워. 재미 있었어?
어머
이거 타이완 에서 사 왔어요..

젊다~ 얘기 많이 들려주라.
완전 멀쩡해요.

네
진짜 재밌었어요.
와
파인애플 케이크네! 귀엽다.

그럼요. 선물 돌리고 올게요.

맛있는 거 먹었어? 피곤하지는 않고?

감탄하는 임무 완료.

와, 맛있 었겠다!
많이 먹었어요. 망고 진짜 달더라고요.

이 블라우스, 한 번도 안 입었지.
놀러 갈 때 입으려고 샀는데

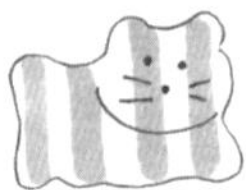

애초에 놀러 가는 일이 잘 없고
회사에 입고 가기에는 너무 멋 부린 것 같아.

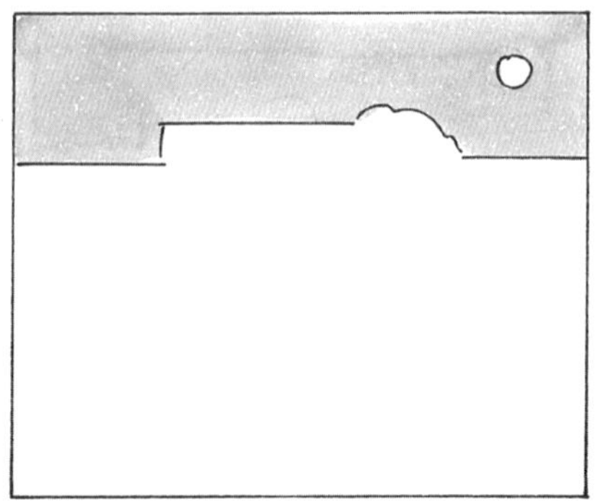

좀 쉬자.
어휴

으음

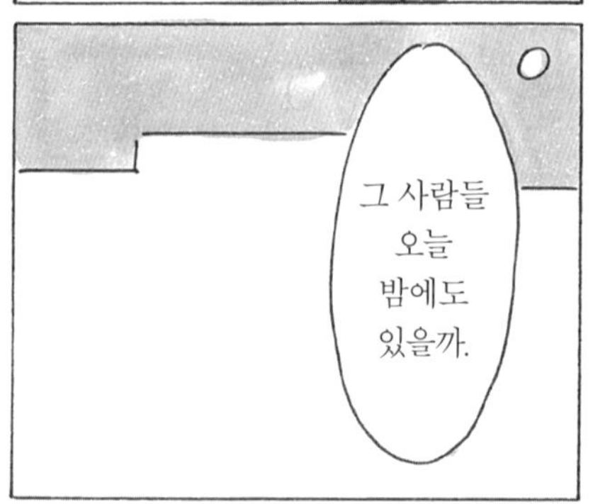

그 사람들 오늘 밤에도 있을까.

버리겠다는 결심이 잘 안 서네.
옷 정리를 시작한 건 좋은데…

패밀리 레스토랑

두 사람
있다~
없으면
지금
알몸이어야지.
입을
옷이
없어.
거부라…
뭔지
알 것 같아.
아, 그런 얘기구나!
옷들이 중년을
거부하기 시작한 거야.
아니,
진짜 없다니까.
2년 전에
산 옷, 이제
안 어울려.
그리고 그거,
둥근 칼라
블라우스도.
어깨 주변이
벙벙해 보이지.
티셔츠가
안 어울리다니,
무슨
저주인가?
샤워
모자.
샤워 모자.
이제 그건
어울리더라.
이것도 안 어울리고
저것도 안 어울리다니.
반대로 지금 우리에게
새롭게 잘 어울리는 건
뭐 없나?

너도 어울릴 것 같아. 샤워 모자.
저번에 온천 갔을 때 써봤더니 엄청 잘 어울리더라고.
목욕할 때 쓰는 그거?
하하하하.
왜 부끄러워해.
화끈
어머, 정말~♡
안 돼, 안 돼, 안 된다고.
안 돼.
다른 얘긴데 키티가 몇 살인지 알아?
안 된다니까. 키티는 나이 안 먹어. 우리의 꿈을 소중히 여겨야지.
키티가 중년…
탄생 50주년을 넘었다지 뭐야.

세월이 아무리 흘러도
키티는 키티 아줌마가 아니야.
영원히 키티니까 문제없음.
키티는
아침부터
건강
그 자체거든!
그래도 아침에
일어나면
우두둑할지도.
와,
키티
최강이다!
안 되지,
안 돼.
대놓고
안 되잖아.
콤비 이름
'헬로키티'로
할까?
앗, 키티는
우리에게
희망의
별이잖아!
아하하하.
무슨
파이터
같다.
그럼
강해 보이게
'헬로킥티'는?

다른 얘긴데
역시 만담을 하려면
다양한 것에
흥미가 있어야겠어.

어?
흥미 없는
거라면
예를 들어?

흥미 없는
것에도
관심을
기울여야지.

누구지?

나카타가
누구야?

나카타의
사생활이라든지.

아하하하.

나는
더 없거든.

그 인간의
휴일,
진심
흥미 없다.

우리
부장.

잘하는 전문 분야가 있는 것도 중요해.
그러네. 티비에 보면 ○○ 전문 예능인들이 많이 나오지.
뭘까?
참고로 너는 무슨 예능인이라면 가능해?
뭐야, 되게 얌체 같아.
하하하
'전철 자리 확보 예능인' 같은 거?

빈자리에서
절대 시선을 떼지 않고
무표정으로 걸어가면
다들 포기하더라.
해봐야지.
명언이다.
눈빛으로
앉는
거지.
하긴
그렇지.
나이는
상관없지
않아?
아니,
진짜 우리도
새로운 일을
시도해봐야 해.
만담을
시작하려고
하면서!
커튼 빨래?
한 번도
빤 적 없어.
뭐 없나~
새로운 일.

좋은 아침이에요.

요즘 따로 뭐 배우는 거 있어?
저기

새로운 일.

아, 말했었지.
온라인으로 필라테스를 하고 있는데요.

나도 뭔가 시작해 볼까.

골프라~ 돈 많이 들 것 같아~
골프? 그런 것도 해보고 싶어요.

헬로 킥티라니!
푸흡

영화.

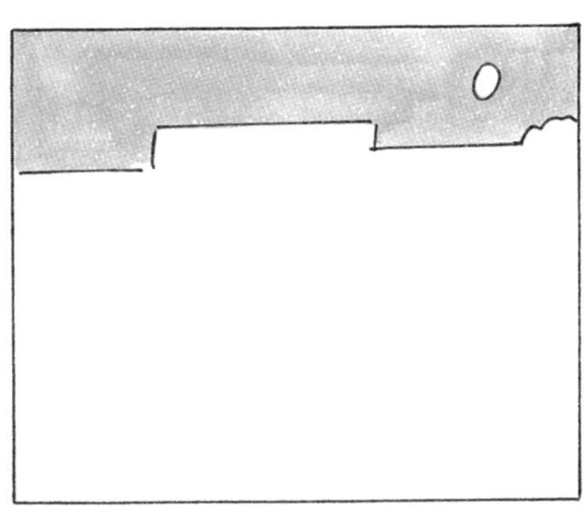

심야 영화라도 보러 갈까?
지금 부터 하는 거 있나?

50살이 넘어 새로 시작하는 것.

있네.
전혀 흥미 없는 거지만… 그래도

이왕이면 삶에 유의미한…

한번 가보는 건 괜찮겠지!

아니지, 좀 더 가벼운 게 좋겠다.
'커튼 빨래' 수준이 좋아.
하하하하

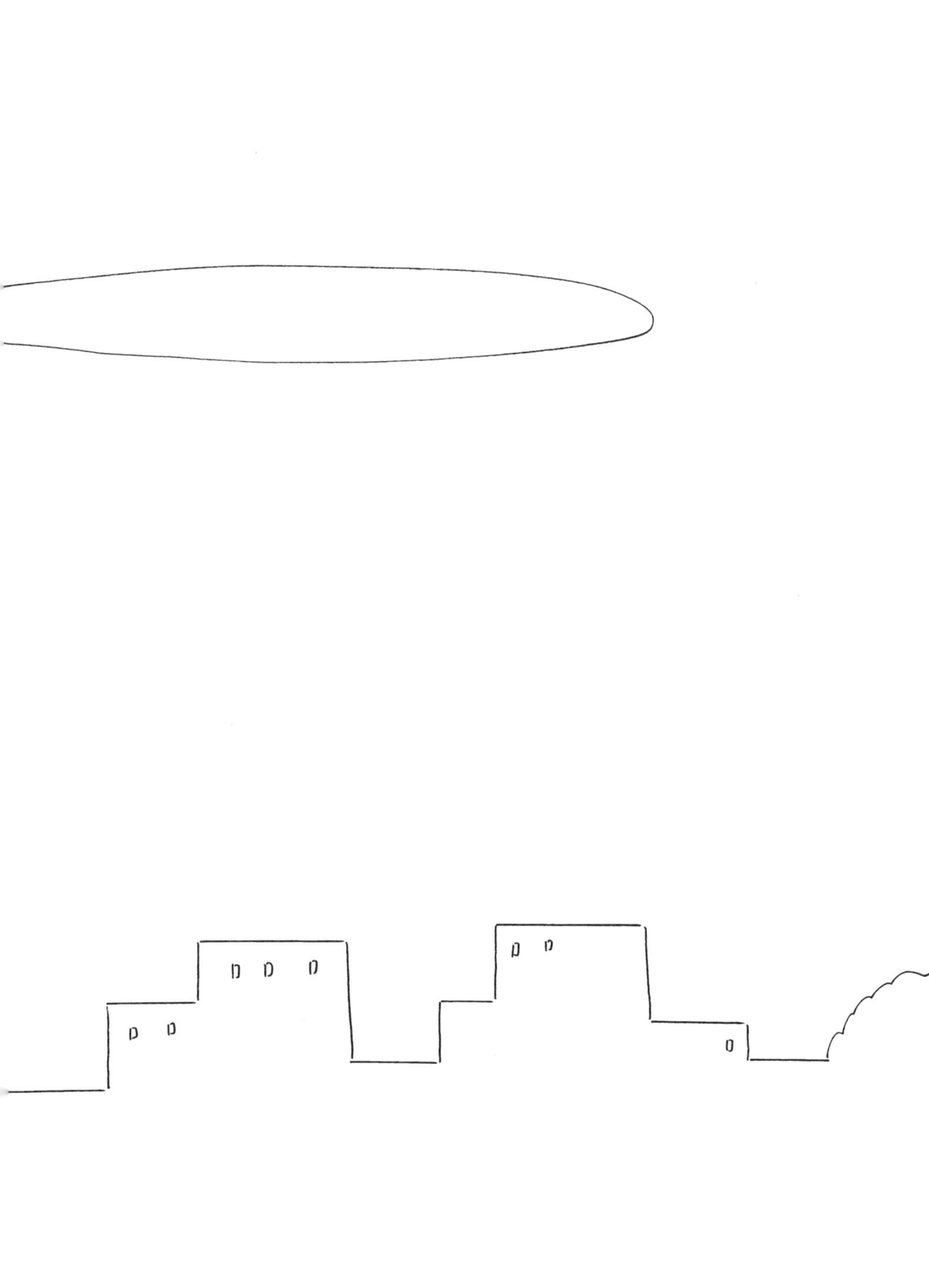

사촌이
저녁을 같이
먹어달라고
연락했거든.

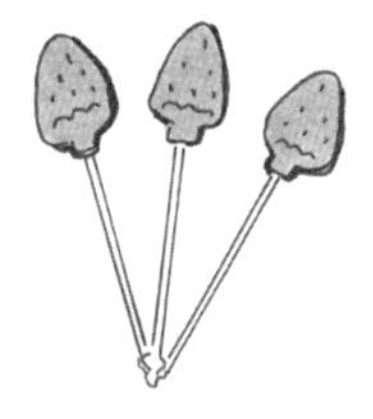

여자 대학생이랑
어디 가면
좋을까?

으음

그게
좋겠지?
오사카에
오는
거니까.
글쎄요.
평범하게
오코노미야키는
어때요?

피곤
하세요?

오코노
미야키
얘기가
들렸는데?

그건 아니고.
사촌 조카가 일이 있어서
도쿄에서 오사카로
온다는데

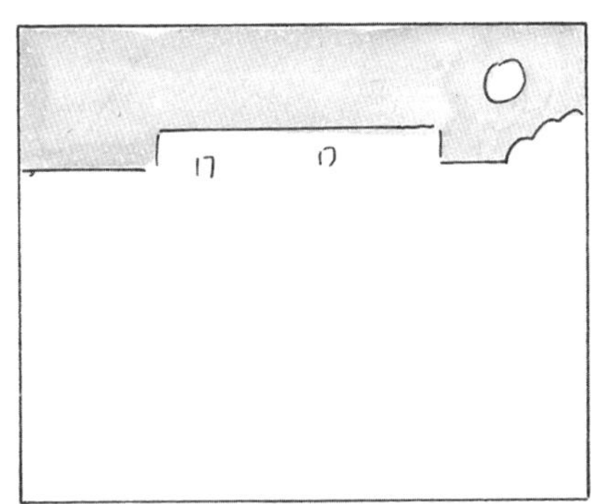

아, 네.
그냥 좀.

오랜만에 봬요.
어머?

우리 집에는 가게용 철판이 있어. 워낙 좋아해서.
있지

어른 다 됐네. 마지막으로 본 게 중학생 때였지.

부장의 사생활.

아, 콘서트 말이죠? 그럼요.
공연 재미 있었어?

흥미 없는 것에도 관심을 기울여야… 하나.
와~

재도 벌써
대학생이네!

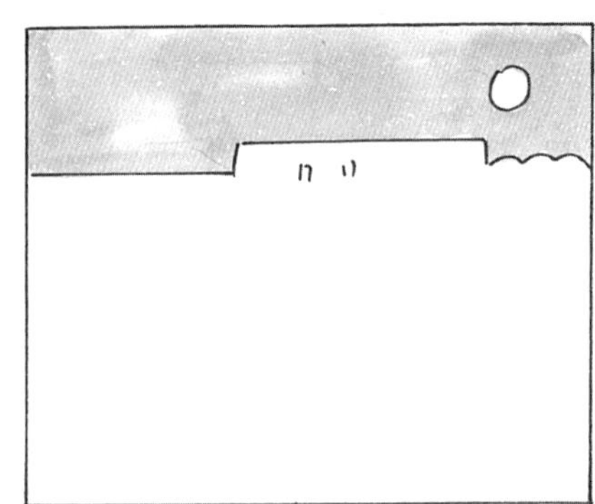

남의 집
애는 빨리
크는구나~

맛있
었어요.
감사
합니다.
그럼
호텔까지
조심히 가.

잠깐
들를까.
왠지
너무
피곤하다.

엄마한테
안부
전해주고.

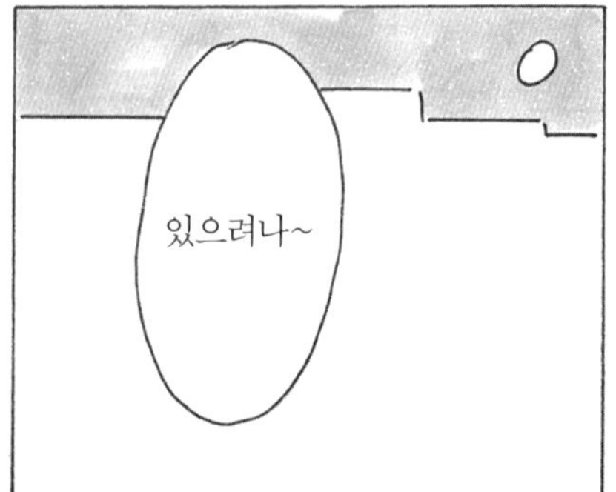
있으려나~

어휴.

패밀리 레스토랑

있다~
'헬로키티' 이외에.
그러게.
콤비 이름 슬슬 정해야지.
딸이 있다고 했나?
아, 지금 그쪽에 사신댔지.
다른 얘긴데 다음 주에 홋카이도에서 오빠 가족이 와.
두 사람 고교 동창이구나.
우리가 만났던 시기네.
둘 다 벌써 고등학생이야.
그렇지, 기본적으로 어른과의 대화는 성가실 테고, 우리한테 궁금한 것도 없을 테니까.
자기가 먼저 말을 걸지는 않더라.
애들은 질문에 대답만 하는 것 같지 않아?

하하하.
기도해서 어쩌려고.
'빨리 스마트폰이나 하렴' 하고 조용히 기도하려고.
그거야 그런데, 우리도 별로 궁금한 거 없지 않아?
오히려 거부감 든다.
특이한 동아리라면 괜찮은데. '미확인 생물 탐사부' 같은 거.
그렇잖아, '동아리는 재밌니' 같은 거 진심 묻기도 귀찮아.
질문으로 시간 때우기 힘들면 퀴즈 내는 거 어때? 뭐 없니? 퀴즈.
이 퀴즈 정답이 뭐지?
받아서 곤란한 거?
어라
'받아서 곤란한 건 뭘까~요.'
퀴즈라~ 이런 건?

* 일본에서 예전에 유행했던 가요. 제목은 '15살의 밤'.

뭘까?

그렇지?
그럼 '받아서 곤란한 거'의
정답이 뭐야?

뭐, 전부
부담스럽긴
하다.

하하하.

안 돼,
그 말은
절대 안 돼.

정답은,
'친척 아이가
그린 그림'
입니다.

나는 그냥
기뻤는데.

조카들이 어렸을 때
그린 그림을
보내주곤 했는데,

그거 받고
기쁜 건
조부모뿐이지
않나?

그래도
무슨 의민진 알겠어.
그런 건
버리기도
좀 그렇잖아.

'기쁘지 않은'
본심이
흘러나왔어.

기쁘지 않다고는
말 안 하겠는데
기쁘다고도
말할 수 없어.

으음~
어~
'평생 성장하는 것은 뭘까~요.'
다음 퀴즈 입니다.
정답. '마음'.
사람의 마음은 나이를 먹으면서 계속 성장하니까….
치아?
치아?
정답은 '치아'입니다.

하하하.
잇몸이 가라앉는 것뿐이거든.
나이를 먹어도 계속 길어지잖아.
이제 됐어. 네 퀴즈는 정답을 들으면 영 불편해.
그럼 다음 퀴즈.
나, 중년이 되고서 곰곰이 생각했는데
응, 그런데 말이야.
어른들, 우리한테 참 이것저것 물어봐줬던 것 같아.

'학교는 어떠니?'나 '수학여행은 어디 다녀왔니?' 같은 거.
맞아.
그래도 물어봐 줬어.
친척 어른들도 사실 우리한테 별로 흥미 없었겠지.
나도.
나도 줬을지도. 불쌍해라.
내가 그린 그림도 줬다니까~ 크리스마스에.
맞아, 맞아.
역시 애들은 자기 존재가 중요하다고 생각하는 게 좋아.
자기한테 관심을 안 보여주면 애들은 쓸쓸해 하지.

* 닛타 에리가 부른 노래로, 겨울의 오페라글라스를 들여다보다가 자신의 사랑을 깨닫는 곡.

축구에
'에디셔널 타임'
말이야.
부끄러워하지
않고
말할 수 있어?
마음속으로는
영원히
'인저리
타임'이야.
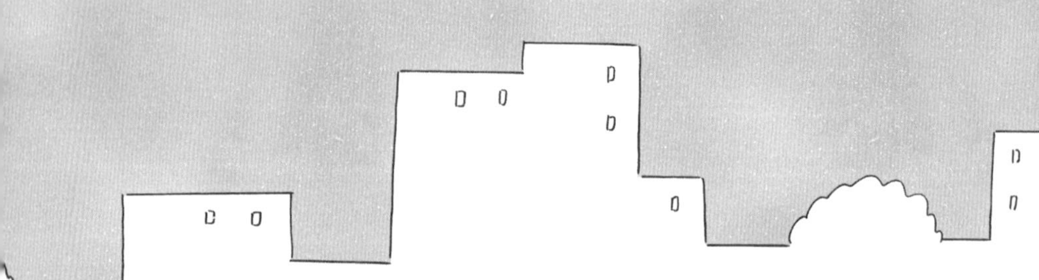

뭐가?
됐어?

됐어, 됐어.
마침내.
아~~
50살.

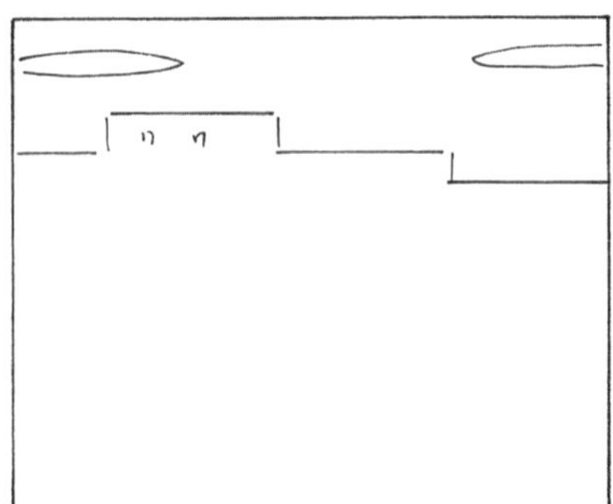

나도
지난달에
됐어,
50살.

안녕.

그렇지~
믿기지가
않아.
실감이
전혀
안 나지만.

안녕.
외근?
여어

아들이 몇 살이지?
그야 어디 놀러 가지도 않긴 해~
그렇겠다.
거래처 담당도 거의 다 연하라
하긴, 친구랑 노는 게 재밌지.
올해 고등학생 됐어. 이젠 같이 외출도 안 해.
태도가 정중하긴 한데
그러니까.
우리도 슬슬 정년이 보이기 시작했고.
아아, 뭔지 알겠어.
뭔가 좀, 나를 불쌍하게 여기는 것 같아.
됐어, 됐어. 귀찮게 무슨.
다음에 동기 모임이라도 할까?
우리 중년들은 세상만사 즐거운 게 없다고 생각하는 것 같더라.

티셔츠가
이제
안
어울리네.

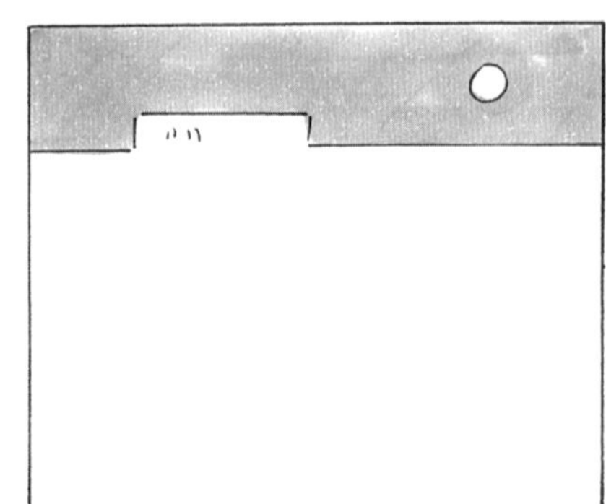

옷들이 중년을
거부하기 시작했어.

티셔츠
산 거
도착했다~
어디

티셔츠가
안 어울리다니,
무슨 저주인가?

예쁘네.
입어
보자.

아하하하하
저주
받았
구나~

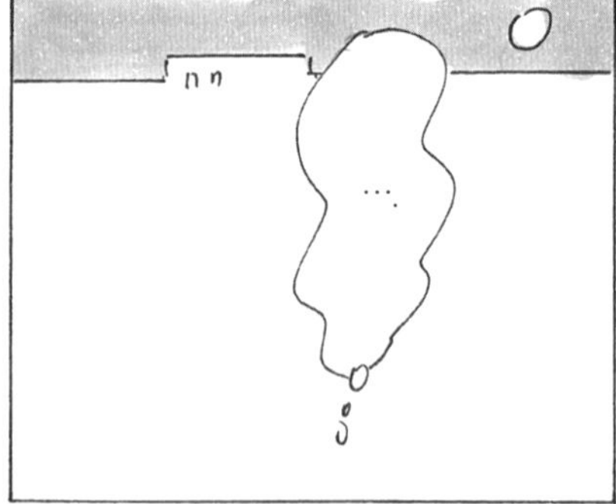

…

잠깐만.
나 혹시
팬일지도?
하하하
저주받은
티셔츠로
패밀리
레스토랑.
나는
그 사람들이
만담가로
데뷔하면
그 사람들
있을까~
1호
팬이야.

있다~♡
커. 예전에는 좀 더 작았는데. 점점 커지더라.
요즘 빙수 너무 크지 않니?
즉?
점점 사이즈 업 한다는 것은 즉….
없지, 없어.
아하하하하
있겠냐고.
아이폰 버전 업과 모종의 관계가.
참고로 원하는 신기능 같은 거 있어?
그러게.
스마트폰 신기능도 더는 필요 없지, 우리는.

아하하하.
스마트폰에 거는 기대가 대단하다. 다른 건?
흰머리 염색?
인류의 지식을 너무 믿는 거 아니야? 다른 건?
복부 지방을 흡입해서, 그걸 데이터로 쓸 수 있는 기능?
하하하.
안 돼. 무섭잖아.
다른 건 데스노트 같은 기능이려나?
좀 더 간단한 거 뭐 없어? 지금 당장 가능할 것 같은 신기능.

* 히로세 코미가 1993년 발표한 노래로, 후렴이 높이 올라가는 편이다.

'어제 정말 잘 먹었습니다'가 사라졌다는 거야?
뭐?
회사 후배라니까 생각났는데, 상사가 밥을 사줘도 다음 날 고맙다고 인사하는 문화가 사라졌대.
애타게 기다리는 상사, 지금도 세상 한구석에 잔뜩 있을 텐데.
그 자리에서 고맙다고 한 번 말했으니까 OK 같은?
무슨 뜻이야?
어?
젊은 애들한테는 플러스마이너스 제로일지도 몰라.
개들은 '청년 문화를 제공해준다'는 태도일지도.
아~
중년들과 동석하는 것만으로도 고된 일일 테니까.

어?
'청년 문화'가
아니라
'이산화탄소'야.
무슨
음이온처럼
말하지 마.
청년이
입으로 내쉬는
이산화탄소를
중년에게
쐬게 해준다는
태도?
잎사귀
….
중년이
무슨 잎사귀야?
청년의
이산화탄소를
쐬면
건강해질지도.
하긴,
그래.
우리만
힘들어질
뿐이지 뭐.
아무튼
옛날식 규범에
얽매이지 않고
사는 수밖에.

…
티셔츠의 저주 이외에?
다른 얘긴데, 나 새로운 저주를 받았어.
그게 뭐야, 무서워.
집 밖으로 한 걸음 나가면 얼굴이 달라져.
집에서 화장했을 때는 그럭저럭 괜찮은데 역 화장실에서 보면 기미랑 잡티가….
그거 중년한테 흔한 현상이야. 집 전등 빛은 아무래도 약하잖아? 역 화장실의 내가 진짜 나야.

자아 찾는 얘기 아니거든.
'내내 찾았던 진정한 나'가 역 화장실에 있었다니!
뭐, 네 저주는 풀린다는 거지.
역 화장실 기준에 맞춰서 화장하면….
앗, 그렇다면
하하하.
내 방이 아니니까 하는 말인데, 좀 보고 싶다.
해보지?
다음에 방 구조 바꿀 때 역 화장실처럼 꾸며볼까.
맞아! 스마트폰으로 가끔 인증코드 넣을 때 있잖아?
여섯 자리 이상은 이제 불가능.
노화라니까 하는 말인데, 숫자를 기억 못 하겠더라~

옛날 같으면 여섯 자리쯤 바로 외웠는데 이젠 전혀 안 돼.
그런데 카페 같은 데서 할 때는 돌도 찾기 어렵잖아.
돌이 라니.
맞아! 인증코드 너무 힘들어. 길바닥에 돌로 표시하려고 생각한 적도 있어.
하하하.
인증코드, 복붙되거든.
바로 표시할 수 있게 사탕 갖고 다닐까.
TV 출연도 노리고 있어!
TV 자막도 복작복작하겠다.
콤비 이름에 여섯 자리 이상의 숫자는 넣지 말자. 못 외워.

결국 우파루파, 아직 실제로 본 적 없어.
목도리 도마뱀도.

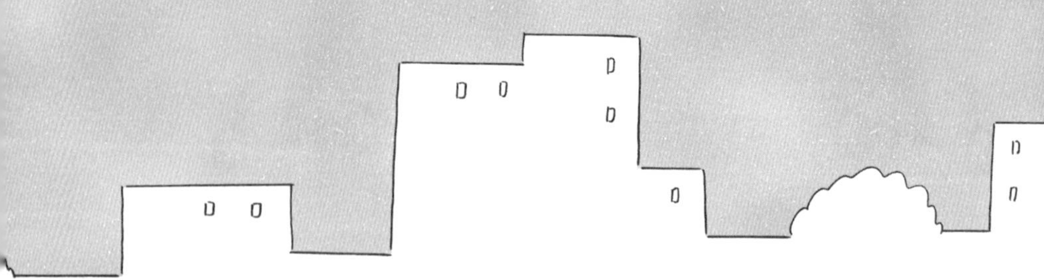

어디~
어디~

슥

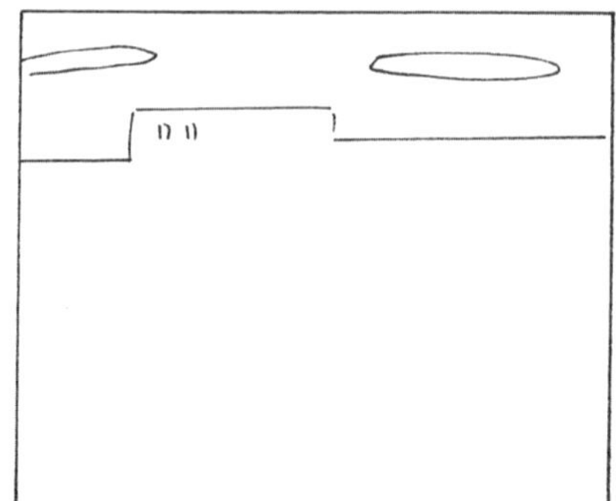

아하하하하
아하하

잘
부탁
드립니다.

노안이라
멀찍이
봐야….
하하

저도 잘
부탁
드립니다.

이거
그 사람들의
소재가
되지
않을까?
응?

맞아요.
명함,
잘 안
보이죠….
하하

그냥
뭐가 좀
생각
나서.
아하하
좋은 일
있으셨어요?
즐거워 보이세요.

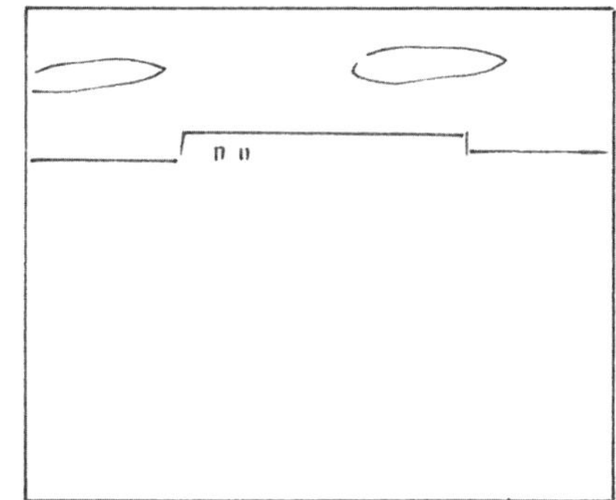

가와이 씨,
만담
같은 거
좋아해?

멀리 보려고
둘이 동시에
손을
내리니까

그래?
좋아해요.
만담 콘테스트도
챙겨 봐요.

명함을
한 번 더
교환하는 것
같았어!
후후

의지만 있으면 노화를 막을 수 있다고 생각했지.

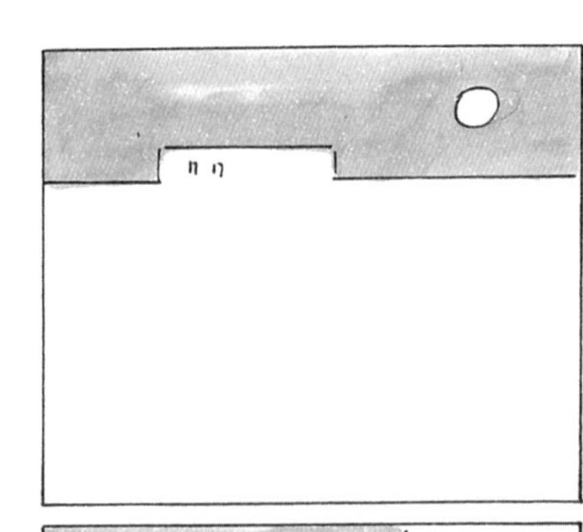

하물며

노안으로 웃긴다는 생각은 해본 적 없었어.
하하하

내 노화로 웃는 날이 온다고는

젊었을 때는

꿈에도 상상 못 했지.
하하하

나이를 먹은 나를 상상조차 안 했는데

패밀리 레스토랑

있다~♡
그거 나 꽤 마음에 들어.
QR 코드로 주문하는 음식점이 많아졌지.
봐, 직원한테 직접 주문할 때는
그건 그런데 QR 코드면 부담감이 없어.
나는 종이로 된 메뉴가 더 보기 편한데.
'이 손님, 주문 밸런스 나쁘네~' 라고 생각할까 봐 불필요한 샐러드도 시키게 돼.
나, QR 코드로 주문하면 자신 있게 샐러드는 제외해.
그렇지?
하긴 그렇다. 모처럼 외식하는데 샐러드는 필요 없지.

그게
뭐 어때!
그런 말
하지 마,
부끄럽게.
자신 있는 건
좋은 일이야.
그리고
명함 교환할 때
글씨 작아서
곤란하지 않아?
맞아.
노안이니까.
그래도
QR 코드로는
메뉴 글씨가
너무 작아서.
무슨
소리야?
명함 사이즈를
고를 수 있으면
어떨까?
요즘은
수수께끼
풀이 같아.
하하하.
L이
어떤 명함일지
두려운데.
'명함 사이즈는
SML 중
뭐로
하시겠어요?'

정말
그래.

앞으로
점점 더
많아질 거야.

나이를
먹은 뒤에야
알게 되는 게
있지.

다른 추임새도
괜찮을 텐데.
'파이팅'
같은 거.

맞아,
저절로
나오더라.

일어날 때
'영차'가
저절로 나와.

바로 달려가면
아킬레스건
끊어질 거야.

무섭다.

'파이팅'이면
일어나서
바로 달려가야
할 것
같지 않아?

그렇게 생각하면
'영차'는 여유롭네.
일어나서 멈춰 서 있어도
될 것 같고.

자기 표현!
말하자면 자기표현이야.
'영차'는 단순한 추임새와는 다른가.
진짜?
자기표현.
그렇다면 노안도 자기표현?
정말로?
자기표현.
페트병 뚜껑이 단단해서 못 여는 것도?
하하하.
OK! 50살부터의 자기표현을 무시하지 마라.
이 닦다가 '우웩' 구역질하는 것도 자기표현에 넣어도 돼?

* 블루머의 일본식 표기. 팬티 수준의 짧은 바지로, 일본에서 예전에 여학생 체육복으로 채택했다.

그랬지.
부르마, 지금 생각하면 까만 팬티나 마찬가지였지.
팬티 노출! 그건 쓸쓸한 게 아니라 '부끄러운' 거지.
지금은 학교 수영복도 래시가드와 하프팬츠라고 뉴스에서 봤어.
수영복도 남자는 상반신 알몸이어야 했고.
까만 팬티로 밖을 달리게 하다니.
'비밀'이 있는 사람을 볼 때 느끼는 쓸쓸함과 비슷할지도 몰라.
뭐려나.
그건 그렇고 남이 젊게 꾸민 걸 보고 느끼는 쓸쓸함은 대체 뭘까?
다들 맨손으로 태어났는데 하나둘 비밀이 늘어나더니

* 일본 전국시대의 영주. 명장으로 알려졌다.

그래도 비밀이 있다는 거 대단해.
그러네.
그것도 공짜 사물함.
사람은 자기 내면에 사물함을 하나씩 가지고 있는 거야.
'가뿐하게 살고 싶어~'라고 한탄하려나?
하하하
사람이 무덤까지 가져간 비밀 때문에 땅이 꽉 차서 두더지도 큰일이래.
아하하하.
안 하겠지.
설레는 비밀과 설레지 않는 비밀로 나눠서 정리할까, 두더지들.

살아온
시간까지도
오늘도
재밌었다.
아~
비밀로
한다라.
'영차'도
자기표현
이라니!
아하하
사실은
왠지
살아 있다는
것에
감사해야
하는데.
마음이
편해져.
그 사람들
대화를
들으면

패밀리 레스토랑

디즈니랜드, 이제 종이 지도가 없대.
진짜?

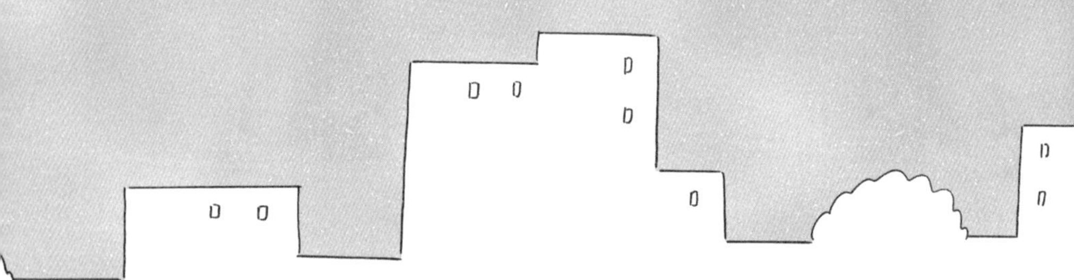

오늘은 회의가 있어서 왔어.
오랜만에 봬요. 잘 지내셨죠?
네! 가볼게요~
또 봐!
아.
어떡해, 성함이 전혀 생각 안 나.
으음
오~
안녕하세요!

그 사람들
이라면
어떤
대화를
나눌까?

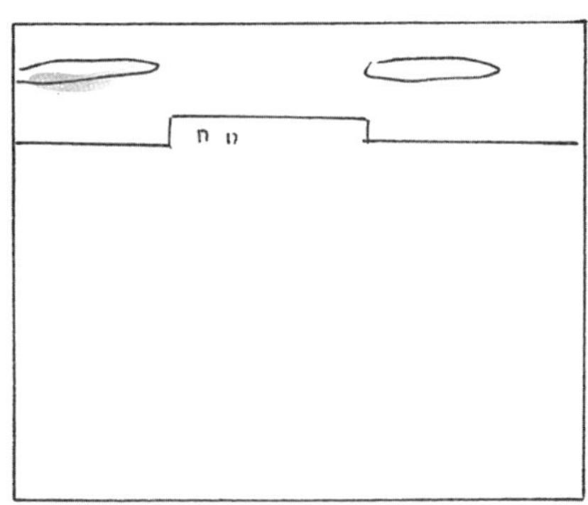

'사람 이름이
생각 안 나~'

사람
이름이
생각 안 나.

그다음에
뭐라고
말할까?

어, 이거
소재가
될지도.
하하

와~ 이거
은근히
재미있다.
하하

뭐 좋은 일
있으세요?
요즘 즐거워
보이셔서요.
아니야
하하하

인간에게만
있다면

열심히 하면
좋겠다,
그 사람들.
후후

그건

누군가를
응원하는 마음은

인간에게
더없이
소중한
것이지.
그럼
그럼

아마도

그건
그렇고
사람 이름이
생각 안 나!

인간에게만
있는 감정
아닐까?

패밀리 레스토랑

* 일본에서 시행하는 개인식별번호 제도.

** 막부 말기, 에도막부가 금은보화를 숨겼다는 전설에서 나온 이야기로 지금까지 발견되지 않았다.

공감….
있어~
'전에 들었거든'이라는 소리를 듣는 횟수가 늘었어.
다른 얘긴데, 같은 얘기 몇 번이나 한 적 없니?
가점?
가점?
그래서 나, 가점 제도를 도입했어.
그보다 받은 다음에 어떻게 되는데?
누구 한테?
'그거 들었거든'이란 말을 들을 때마다 1점을 받을 수 있어.
점수 계속 쌓이기만 할 텐데 어쩌려고.
필요 없거든.
서프라이즈
100점을 모으면 다른 사람한테 선물.

* 칼디 커피팜. 원두 전문점으로 시작해 현재는 전 세계의 다양한 식료품을 판매하는 체인점.

다른 얘긴데, 요즘 생각이 고스란히 입 밖으로 나오려고 하더라.
예를 들면?
이것도 중년한테 흔한 현상인가?
아침에 출근할 때, 전철 타기 직전까지 스마트폰 보는 사람 있잖아?
아, 나도 알아. 머리로 하는 생각과 입까지 거리가 가까워졌어.
왜 그럴까?
'적당히 하고 빨리 타'라고 말할 뻔했어.
으아, 무서워.
다혈질 노인이 될 준비?

그런데 이상하다.
불만은 바로 나오는데
사람 이름은
생각 안 나.
영어~ 쓸 일도 없는데
정기적으로 공부하고 싶어지는
수수께끼 언어야.
안 나는 걸로 치면
영어 단어! 요즘
다시 공부 시작했는데
하나도 안 외워져~
아하하하,
갖다
붙였어.
전혀
없어.
도쿠가와의
매장금과
어떤 관계가….
?
무슨
소리야?
애초에
영어 예문이랑
우리는
안 어울려.

교재 문제를 보면 이런 문장을 영어로 쓰라고 하잖아. '나는 이달리아어 공부를 시작했습니다.'
아하하하.
일단 이탈리아어부터 시작해야겠네.
아니, 내가 이걸 언제 누구한테 영어로 말해?
예를 들면?
그건 그렇다.
좀 더 삶에 필요한 예문이 아니면 의욕이 안 나. 실용적이어야지!
다른 건?
아, 외국은 유료 화장실도 있으니까.
'근처에 무료 화장실이 있나요?' 같은 거.

요즘은 디자인성이 강해서 잘 모르겠는 화장실도 있지.
'여기 여성용 화장실인가요?'
그건 곤란하다. 영어로 외워둬서 손해 볼 거 없겠어.
'화장실 휴지가 없어요.'
하하하.
죄다 화장실 얘기네!
'화장실 문이 열리지 않아요. 도와주세요.'
그랬다, 그랬어.
지금 생각하면 고등학생 때는 어떻게 4교시 끝날 때까지 화장실을 안 갔을까.
화장실, 요즘 자주 가서…. 버스 투어를 간다면 화장실 있는 버스여야 해.

초등학생 때 이미 수포자나 마찬가지였어~
수학~
삶에 필요한 문제로 공부하는 거, 수학에도 필요해.
서술형 문제라면 '철수와 영희는 1.2킬로미터 떨어진 공원에서 만나 놀기로 했습니다. 철수는 분속 60미터 속도로…' 같은 거지?
수학도 서술형 문제가 실용적이었다면 우리도 의욕이 있었을 거야.
그럼 실용성 있는 수학 문제라면 어떤 거야?
철수의 분속, 실용성 있어?
'연금 수급을 늦출 경우, 월 연금액이 한 달에 0.7퍼센트 늘어납니다. 1년을 늦추면 몇 퍼센트일까요.'

아하하하.
실용성 엄청나다.
이런 거?
알코올램프로 요리도 안 하지.
마트에 가서 사다리꼴 면적을 계산할 리 없고
학교 공부, 살면서 도움 안 되는 것도 많았지.
인류를 위해서 우리가 희생한 거다. 우리도 도움 됐어.
그래도 같이 공부한 애 중에 사다리꼴 면적에 꽂혀서 나중에 학자가 되는 애도 있었을 테지.
재미있는 일도 많았지만 두 번 다시 가기 싫어. 지금이 훨씬 편해.
학교, 생각해 보면 참 힘든 곳이었어.

응?
그거~ 진짜 편해~
편하다고 하면 그거지.
제법 오래 방치했네.
요전에 재난용 비상 가방, 정리하고 새로 챙겼거든. 10년 만에.
뭐지?
정말 그래.
내용물 새로 챙길 때, 그게 필요 없으니까 공간이 되게 널널하더라.
차지한다? 아! 생리용품이구나! 그거 진짜 자리 차지하지.
그거, 자리를 차지하니까.

진짜.
매달
힘들었어~
끝났을 때
상실감 느꼈어?
전혀.
하하하.
뭐라고!
그다음엔 뭐가
되는 거야?
오뚝이 인형?
예전에
'생리 끝나면
여자가 아니게 된
기분이다'라는
소리를 한
사람이 있었어.

* 배는 80퍼센트만 채우라는 뜻.

맞는 말이다.
남 흉내 잘 내는 달인이 있어도 본인은 본인이니까.
그건 그렇고 인생은 오직 '나 자신'만 경험할 수 있잖아.
강해 보이겠다.
소중히 여겨야지. 갑옷 입고 다닐까.
자전거도 여벌 열쇠가 있는데 우리 목숨은 하나뿐이야.
어, 그런데 방재용 가방의 널널해진 공간에 새롭게 뭐 넣었어?
미래 전망이 밝네.
하하하
스르륵
그 얘기 그만 됐거든.
매장금을 위해 비워뒀어.

예전 생리대,
벽돌처럼
두꺼웠지.
그
정도는
아니다.

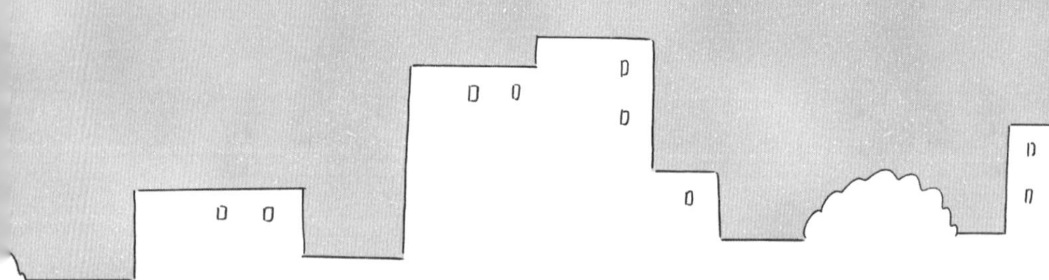

하하하
지금 제일
관심
가는 건
칼디일지도.

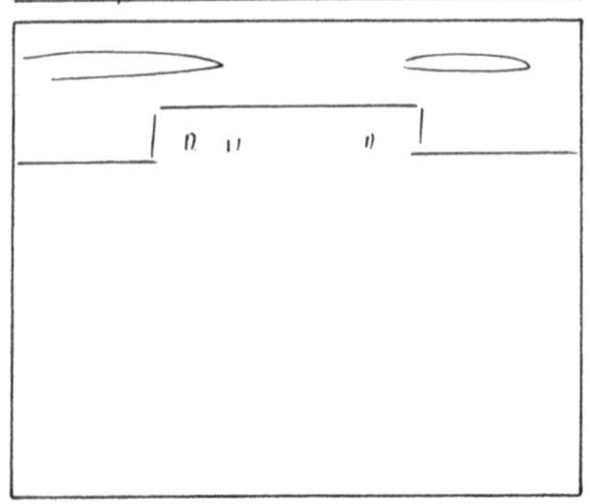

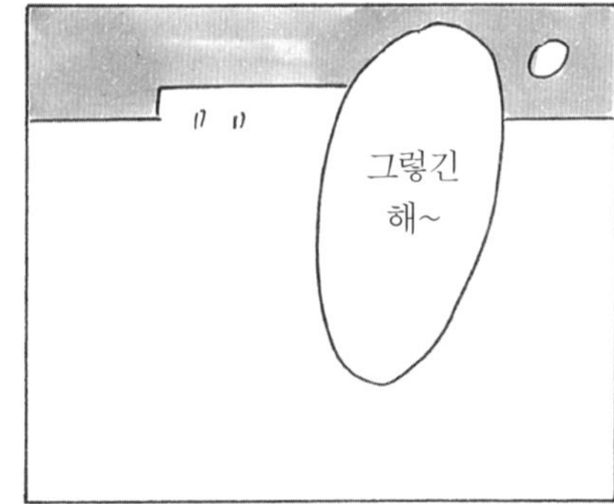
그렇긴
해~

어제는
한밤중에
화장실에
가느라
잠을 잘
못 잤어.
어휴

가고 싶은
곳도
없어졌어~

젊어서는
얼마든지
잘 수
있었는데.

물욕도
사라진 것
같고~

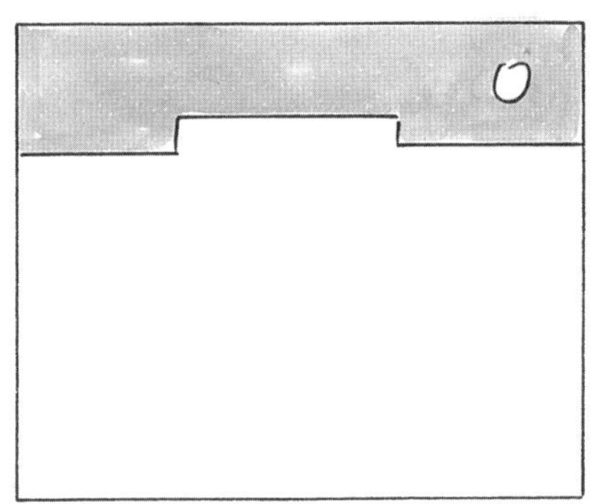

이거
보세요.
신상
머그컵.

피곤하다~
저녁은
어쩌지.
어휴

어머,
귀엽다!
샀어?
와

가끔은
잡화라도
구경하러
갈까.

어제 친구랑
잡화점에 훌쩍
놀러 갔다가
발견해서요.

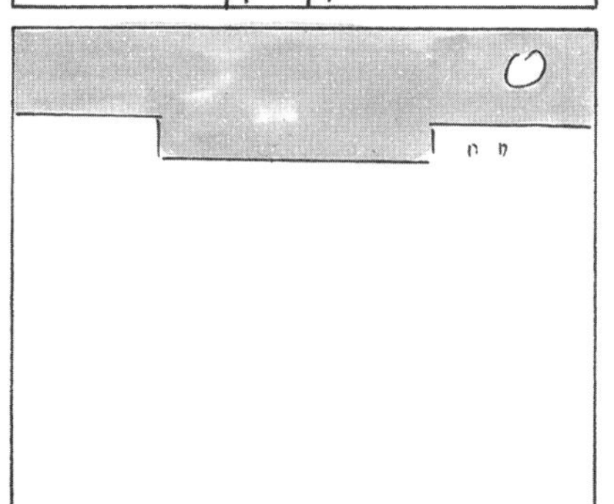

또 파우치랑
이것저것
사버렸어요.
사게
되지.
아~

동경하던 감각적인
인테리어.

갖고 싶은 물건이
분명 가득한데도

머그컵
귀엽다.

어느새 머그컵 하나도
파우치 하나도

이미
있으
니까~
그래도
뭐

보는
걸로
충분
한가.

되게
반짝반짝
하다~

패밀리 레스토랑

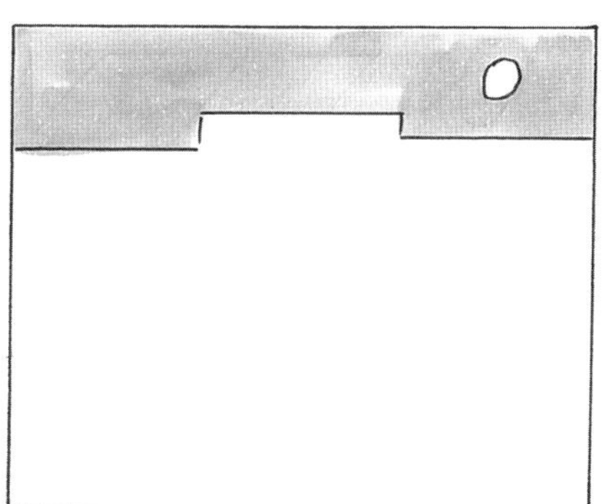

짐 정리나
임종 준비
같은 말을
들으면

눈앞의
문이
쾅
닫혀
버리는
기분이
들어.

오늘
밤에도
있을까~

있다~
평생
쓸 만큼
있지.
파우치,
이제 더는
필요 없어.
양이
엄청날
거야.
산 것뿐
아니라
받은 것도
있으니까
지금까지
인생에서
파우치를
몇 개나
소유했을까.
파우치는
파우치 말고는
용도가 없어,
자기주장이
너무 강해.
맞아.
아직
쓸 수 있고
귀여운 것도
있어서
버리기가
쉽지 않아~
무겁겠다!
전부 꿰매서
커튼으로
만들까.

전설?
하하하.
등장!
지퍼락
최강 전설.
애초에
파우치도 됐고
이제는
지퍼락이면
충분한데.
아니, 진짜
어지간한 건 지퍼락으로
대용할 수 있어.
지퍼락
두 장.
손님용
슬리퍼.
지퍼락
상자.
책가방.

* 노래에 맞춰 춤추는 꽃 화분 인형.

그렇지.
다시 보지도
않지만.
사진은
아직
못 버리겠어.
고작
1년 전인데도
그렇지.
당연한
소린데
모든 사진이
지금보다
젊더라.
10대, 20대는
누구나
다 찬란하지.
나이에 맞는
아름다움이 있다지만
역시 어릴수록
예쁘더라.
아하하하.
쪼글쪼글하다.
우리는
세 번 헹궈서
말린 지퍼락.

그런데 신기하게도
미용실 예약해서 내일 머리를 자르기로 하면
왜 그럴까, 오늘보다 더 예뻐질 것만 같아.
하루 나이를 더 먹는데도.

뭔지
알겠어.

하나 둘!

'하나 둘'
하면
말하자.

그거
말해도
돼?

중년에
지쳤어~

파프리카.
어렸을 때
없었던 거
말하기 하자.
스무디.

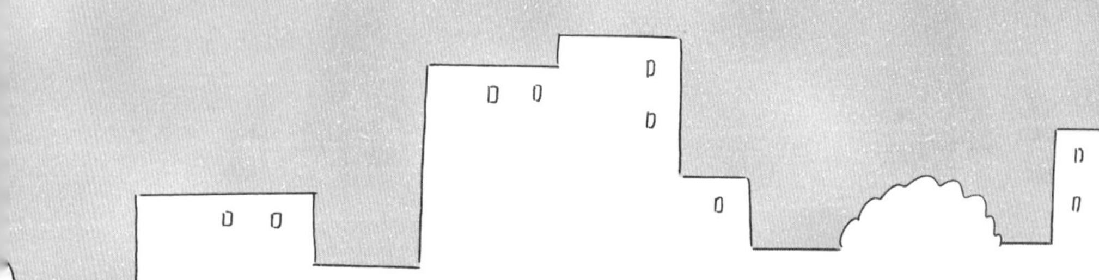

매번
작은 것까지
잘 캐치하니까
좋더라.

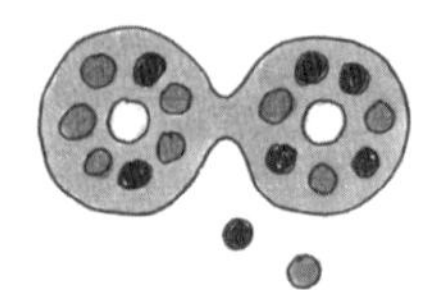

부장님도
칭찬하셨어.
와,
고맙습니다.

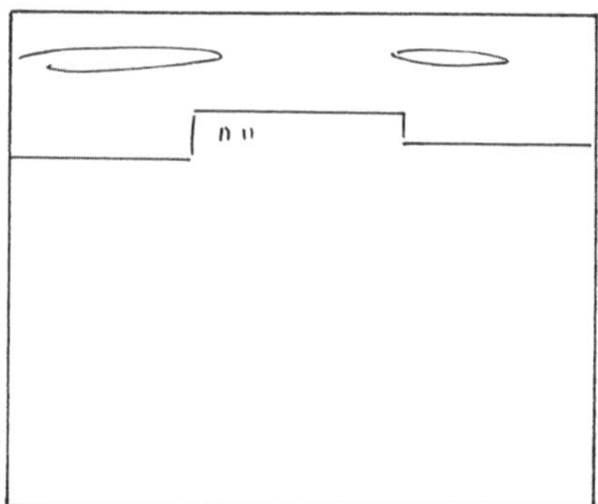

응.
와,
기뻐요.

아.

달칵 달칵
달칵
달칵 달칵

어제 자료,
보기 참
편했어.

무슨 소리예요. 여기도 아가씨 집이잖아요.
언니, 오늘 준비해줘서 고마워요.

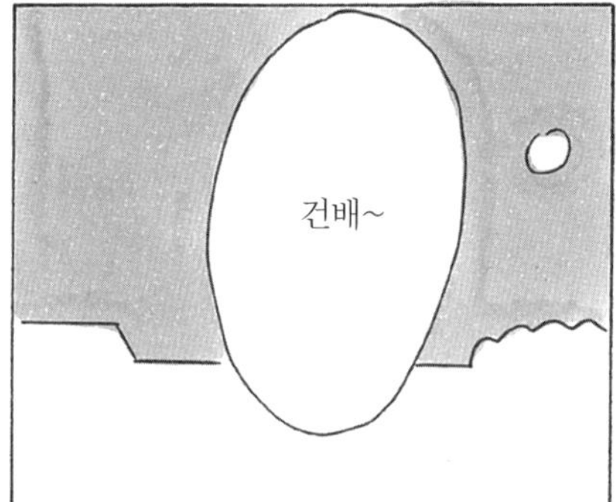
건배~

어머님, 생신 축하 드려요.

저 왔어요.

엄마, 좋겠다!
고맙다.

오랜만이에요~

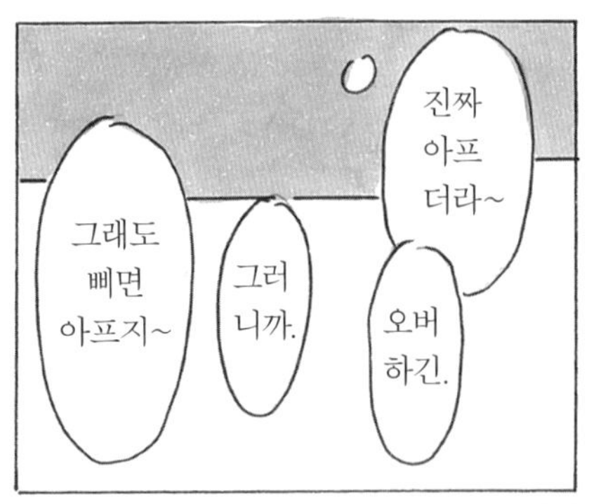

진짜
아프
더라~
그래도
삐면
아프지~
그러
니까.
오버
하긴.

여든 살
생일을
다 같이
축하해
주다니.

렌,
대학교는
익숙
해졌니?
네.

준코도
와줘서
고맙다.

아,
현관에
…

아가씨,
집에 좀
자주 와요.
일
바쁘니?

어…
수국 화분
예쁘던데요.

그럭저럭.
오빠는 허리
삐끗한 거
괜찮아?

또
오렴.
조심히
가요.

어머~
그거 렌이
처음 받은
알바비로
사 왔어.

정말!
할머니 선물로
주지 뭐니.
네

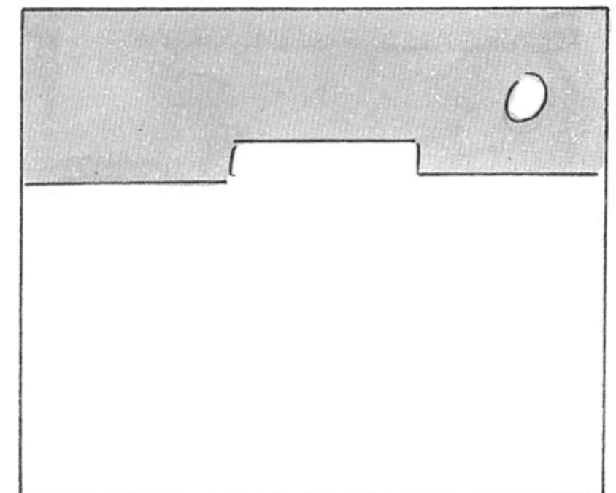

이만
가볼
게요!
그럼

아니,
거의
없나.
본가라는
느낌이
흐려졌지~

한 번
결혼했지만

이제 돌아갈 곳은
어디에도 없고

지금은
혼자 산 지
오래됐고,

나도
모르는 사이에

2세대 주택이
된 본가는

현관 앞 매화나무는
사라지고 자전거가
놓여 있습니다.

엄마와
오빠 가족의
집이어서

그렇지만

나는 아마도
앞으로

즐거운 일을
찾고 싶은
마음은
가슴 안에

반복되는 일상을
덤덤히 받아들이며

시들지 않고
있어요.

늙어가겠지요.

피부는
버석버석해져도
나는
시들지 않아.

하지만

아무튼 오늘 밤은,

그래도
응.

아무튼 오늘 밤은 꼭

엄마가 기뻐해서 좋았어.

그 사람들을

뭐.

만나고 싶어.

그 집에도 그 집 나름의 고충이 있겠지만

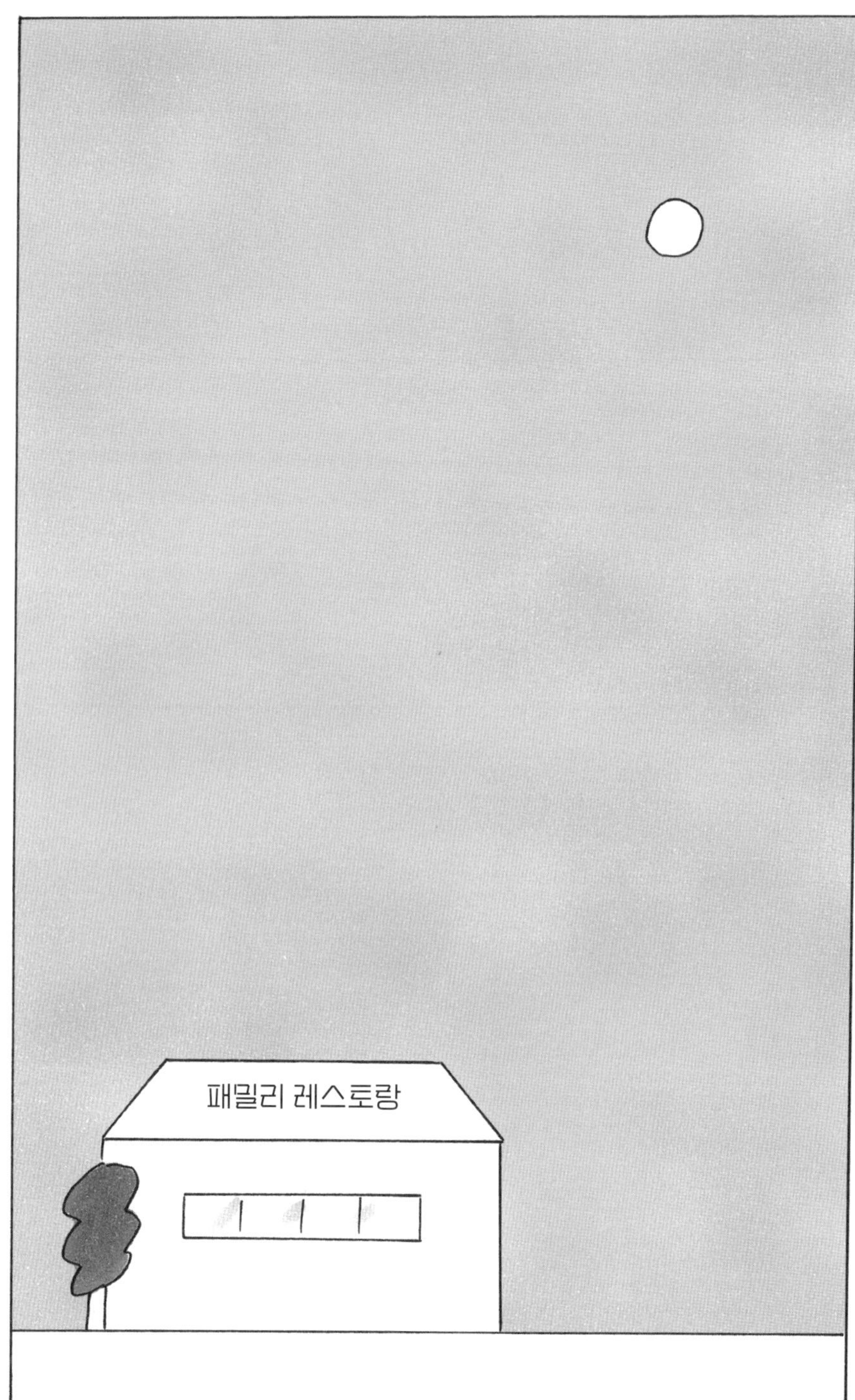

패밀리 레스토랑

있다~
신경은
쓰여.
마지막
거처를
생각한 적
있어?
나는
이상향으로
생각해 둔
집이 있어.
지금 사는 데는
차가 많이 다녀서
나이 먹으면
산책하기
무섭겠어.
커다란
나무가
있어.
어?
어떤
집이야?
잎이 무성한
부분이
위아래로
벌컥 열려서…
오히려
나무만?
숲속 집이구나!
자연이 예쁜 곳이 좋지.
커다란 나무 말고는?
호수?

* 나무 모양의 미니 인형 집. 코에나쌍과 가족, 친구들이 산다는 설정.

좋다.
가지고
놀까?

갑자기
'코에다짱 트리하우스'를
마구 사고 싶어졌어.
진짜 집 말고
장난감.

그건 그래.

그나저나
새로운 친구,
사귀기 점점
어려워졌어.

아침에
일어나기만 해도
우두둑하는걸.

그래도
인간관계에
휘둘리는 건
이제 지치고.

사귀면
좋은 놈들
리스트에
나는 넣어줘.

시간 여행이
가능하다면
사귀면 안 될 놈들
리스트를
과거의 나한테
줄 테야.

보스도 열받는데 그 부하들도 짜증 나.
어른들 문화센터에도 보스 같은 존재가 꼭 있더라.
수박, 괜찮겠다.
나 작년에 유튜브 보면서 수박 키웠어. 화분에서도 잘 자라더라.
그래도 요즘은 뭐 배우고 싶으면 다 유튜브로 볼 수 있지.
진짜로 했다간 머리 깨질걸.
나는 지금 피겨 스케이팅 더블 악셀 강좌를 보고 있어.
'신 지인.' 이라….
중년 친구의 새로운 명칭. '신(新) 지인.'
뭔가 중년 이후는 새로운 친구 말고 새로운 지인이면 충분할지도.
하하하

아,
뭔지
알아.
그렇지.
다른 얘긴데
칭찬받는 일이
사라졌어.
아기
시절까지
거슬러
간다고?
예전에는
기어다니기만
해도
칭찬받았는데.
그래도 무슨 말인지 알겠어.
나이 들면
칭찬하는 역할만
하게 되지.
남들 앞에서
칭찬받는 거
싫다는 애도
있는 것 같고.
맞아,
맞아.
회사에서도
젊은 애들을
칭찬하려고 하는데,
생각보다
머리 쓰게 돼.

맞아.
사소한 일이라도
좋으니까.
가끔은
우리도
칭찬해주면
좋겠다.
오, 그럼 서로
칭찬하기로 할까.
나부터 갈게.
누구?
어
너,
배우랑
닮았어!
하하하.
되게
대충이지만
고마워.
너도 그래.
누구든
닮았을
거야.

하긴, 젊은 게 피라미드의 정점이라고 생각하잖아.
젊은 애들, 왠지 우릴 무시하는 것 같지.
그래도~
우리도 그 시절엔 중년이 되면 좋은 일이라곤 없는 줄 알았고.
대놓고 말하지 마.
그건 딱 맞췄네!
그래도 아무 일도 없는 게 좋은 거야.
뭐.

* 모리나가 제과에서 나오는 초코볼을 사면 랜덤으로 금색과 은색 엔젤 마크가 들어 있다. 은색은 5개를 모아서 응모하면 경품을 받을 수 있다.

119

어?
메일.
동창회?

Chupa

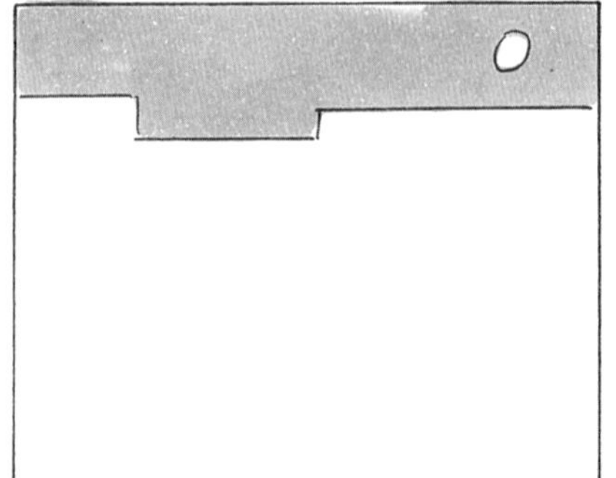

준!

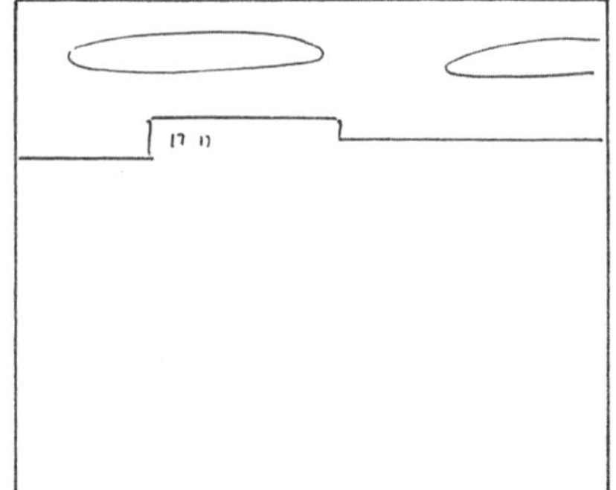

아무 일도
없는 게
좋은 거

오랜만
이야~

라.
?

슬쩍 얘기
꺼내봤더니
10명 정도는
모일 것 같아.

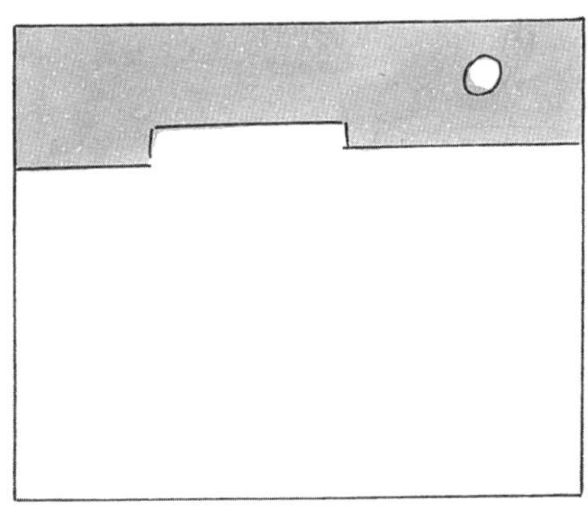

모두에게
말하면 20명은
될 것 같아.
어, 대단한데.

50살
기념으로
어때?
동창회
하자고?

내가 간사를
맡을 건데,
괜찮으면
좀 도와줬으면
해서.

다양한 것에
흥미가 있어야겠어.

그게
말이지.
많이
모일까.

게임이나 빙고 같은 거?
PPT 슬라이드 쇼도
괜찮을 것 같고.

여흥으로
뭔가 할 거
없을까
싶어서.

와, 진짜!
도울게,
동창회.
하자.

그런 거 같이
생각해줄 수
있을까?
오호~

출석 확인은
내가 할게!
내가
뭐 하면
될까?

응,
새로운
일을
해볼까.

그냥 먹고
마시기만
하면 좀
아쉬우니까

패밀리 레스토랑

있다~
우리의
나약한 위장을
모르는구나.
다음에
빅맥 먹으러
가지 않을래?
왠지
지금 안 먹으면
앞으로 못 먹을 것
같아서.
어라, 언제였지.
고등학생 때였나?
너
마지막으로
빅맥
먹은 게
언제야?
그건
그렇다.
그러네.
약속 안 하면
평생 못 먹을지도.
나도
그때쯤.

* 물이나 우유를 넣고 굳혀서 만들어 먹는 분말형 냉동 디저트.

저기.
저기
혹시
해보지
않으
실래요?
만담.

패밀리 레스토랑

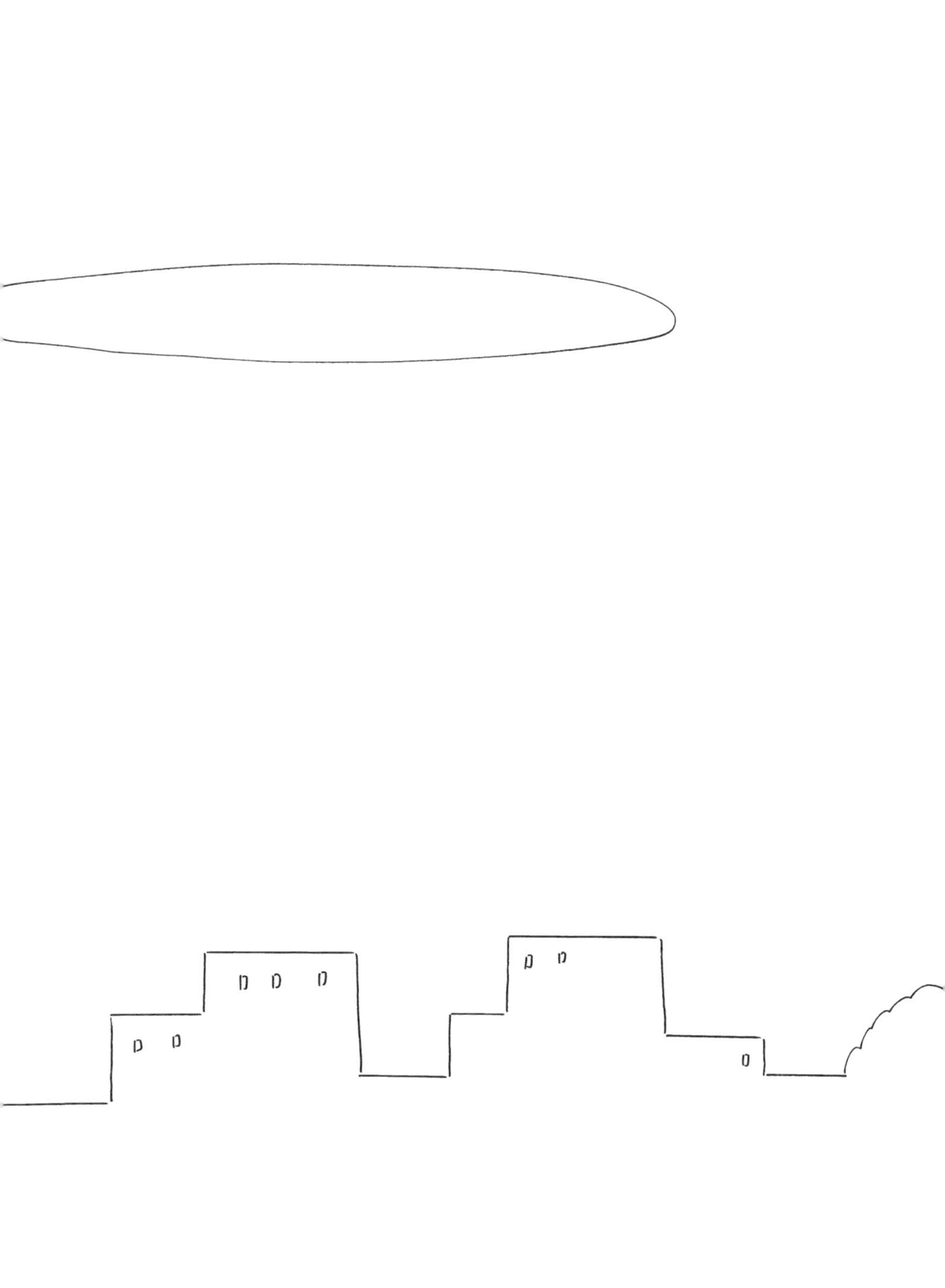

짐
되게
많다.
얍

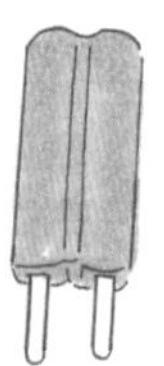

전구 장식
같은 거
챙겨 왔어.

준.

등장
음악은
이 CD
틀면
되고.

마이크
이거면 돼?

준,
만담가랑
아는 사이인 줄
몰랐어~

딱 좋아,
딱 좋아.
오~

맞아.
응
진지하게
하니까
재밌다.

이거면
준비
끝.

건배하고
1시간쯤
지나서 무대
시작이면
되지?

음

만담가
조수로 일하느라
바쁘겠다.
응.

나도.
되게
두근두근
한다.

괜찮아,
하고 싶어서
하는 거니까!

진지하게 하면
촌스럽다고
생각했지.
고등학생 때는
문화제 같은 거
진지하게
안 했는데.

안녕하세요.
'구미코 & 유코'입니다~

와~아

와~아

짝짝 짝짝

와~아

짝짝 짝짝

첫 대사가
그거냐.

중년에
지쳤어~!

하긴,
오늘 손님은
아줌마랑
아저씨만
잔뜩이네.

저거 봐,
모두
공감하잖아.

모두
50살이라면서요.
우리랑
동갑이에요.

무슨 모임이죠?
오늘은
동창회인가요?

아니, 진짜
우리 젊을 때랑
너무 다르지.

시대도
참 많이
달라졌지.

아, 그렇지,
지금은 전동….

자전거도
진화했고.

그거?

어두워지면
자동으로
불이
켜지잖아.

편리해지긴 했지. 근데 제일 먼저 떠오른 게 그거?
우리 때는 페달 밟아서 불 켜야 했잖아.
자전거 애기 그만할까?
아, 자전거 열쇠도 그래~ 예전에는 채우기 어려웠어. 그 열쇠, 모양이 꼭 기역처럼 생겼잖아.
스마트폰이 생겼잖아!
체중계가 디지털로….
아하하하 아하하하
시시하다는 듯이 말하지 말아 줄래.
고작 그거냐?

* 나비 모티브로 유명한 일본의 패션 디자이너. 하나에모리라는 브랜드를 운영했다.

* 누가 더 잘 살고 있는지 은근히 비교하는 것.

어쩔 수 없지.
반대로
나이 먹어서
좋아진 것도
있지 않아?

그거나
저거로만
대화한다니까.

젊었을 때는
얼굴 기름이
장난 아니었지.

기름종이를
안 사도
되더라.

맞아.
왁스 바른
것처럼
됐었지.

머리카락도
예전에는
하루만
안 감아도
기름이
번질번질했어.

뭔 기름
얘기만
잔뜩 하냐.

그리고
젊었을 때는
양말도
저녁이 되면
기름이….

아하하하하
아하하하

* 어린이 프로그램에 출연하는 녹색과 빨간색 공룡 캐릭터.

* 산리오에서 나오는 물고기 캐릭터.

동창회거든.
아하하
하하하
뭐, 그래도
오늘 이렇게
마운팅을 하러
올 수 있어서
다행이네요,
여러분.
그렇지.
사람 모으고
가게 정하고
요리 고르고.
간사분
힘드실 것
같아.
그러네.
간사는
그런 것도
걱정되지.
당일 날씨도
신경 쓰이고.
아,
정말
그래.
길 헤매는
사람은
없나 하고.

거기까지는
못 챙기지.

보이스피싱
사기에
걸리는
사람은
없나.

아하하하하

적나라하다.

동창회 끝나고
불륜 걱정도
해야 하고.

고맙다고
마음 담긴
인사면
충분해.

아무튼
간사님께
감사의
선물을.

아하하하하
하하하

다들
평생 쓸 거
있거든.

손수건을
선물해
주세요.

좋지.
그나저나~
동창회 좋다.
우리도 할까?
응.
중년에는
지쳤고,
나이 먹는 건
재미없지만
그렇지.
나이를
먹을 수
있는 것에
감사하며
옳은
말이야.
인생 꺾인 지점
같은 소리는 말고,
다 같이 나아가면
좋지 않을까.

앞으로도
여전히 괴로운 일도
슬픈 일도 있을지
모르지만
그러네.
참고로
너의 소소한
즐거움은
뭐야?
옳소,
옳소.
항상 소소한
즐거움을
챙기며 살자고.
나도
그래.
가끔
패밀리
레스토랑에서
수다 떠는 건가,
너랑.
그럼,
들어주셔서
감사합니다.
짝짝
짝짝
짝짝
짝짝

오늘 친구랑
일루미네이션
보러 가요.
좋겠다.

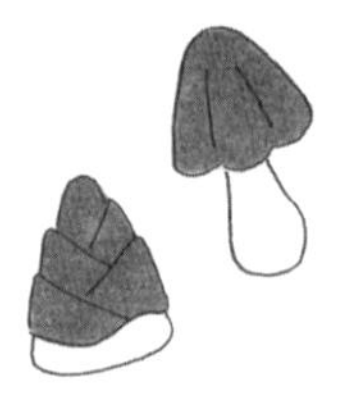

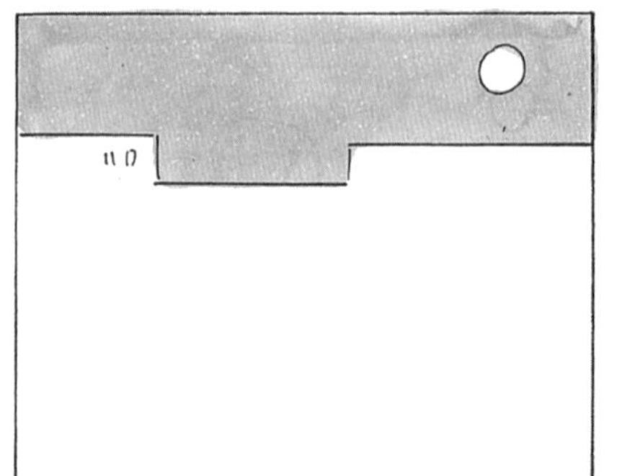

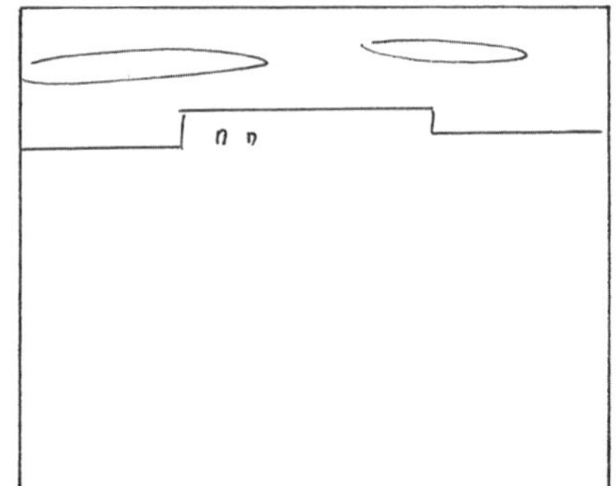

추워.

너무
춥죠.
몸이
덜덜
떨리지.

배고프다.

오늘
밤은
화이트
크리스마스가
되려나?

친구랑
일루미네이션
구경~
기운 좋네.

아.

눈이다.

중년에게도
눈은
내리지.

패밀리 레스토랑

* 우리나라의 초코송이와 비슷한 과자의 이름. ** 길쭉한 형태의 바삭바삭한 과자.

눈
온대.

오늘 너무
춥지 않아?

고생했어~

뭐면
어때.

이거
버저라고
하나?

버저
누를게.

그렇게
좀
부르지
마.

뭐
먹을래?
신 지인.

와,
진짜네.

벌써
오기
시작했어.

패밀리 레스토랑

중년에 지친 밤에는

초판 1쇄 2026년 3월 30일
초판 2쇄 2026년 4월 10일

지은이 마스다 미리
옮긴이 이소담
펴낸이 이나영
펴낸곳 북포레스트
출판등록 제406-2018-000143호
전화 031-948-5640
메일 bookforest_@naver.com
인스타그램 @_bookforest_
ISBN 979-11-92025-28-5 03830